不要讓恐懼限制你，
你比自己想的還要**勇敢**！

和凱蒂一起，在月光下
展開**精采冒險**！

獻給詹姆士、艾比、梅根。 —— P.H.

獻給我爸媽，他們一向任我自由發展。
也獻給絕世好貓莫瑞。—— J.L.

超能凱蒂出任務 1 月夜救援
Kitty and the Moonlight Rescue

文｜寶拉‧哈里森 Paula Harrison　　圖｜珍妮‧洛芙莉 Jenny Løvlie　　譯｜黃聿君

字畝文化創意有限公司
社長兼總編輯｜馮季眉
責任編輯｜戴鈺娟　主編｜許雅筑、鄭倖伃
編輯｜陳心方、李培如　美術設計｜蕭雅慧

出版｜字畝文化／遠足文化事業股份有限公司
發行｜遠足文化事業股份有限公司（讀書共和國出版集團）
地址｜231 新北市新店區民權路108-2號9樓
電話｜(02) 2218-1417
傳真｜(02) 8667-1065
電子信箱｜service@bookrep.com.tw
網路書店｜www.bookrep.com.tw
團體訂購請洽業務部（02）2218-1417　分機1124
法律顧問｜華洋法律事務所　蘇文生律師
印製｜中原造像股份有限公司

2024年1月　初版一刷
定價｜320元　書號｜XBSY0070
ISBN｜978-626-7365-61-8
EISBN｜9786267365465（EPUB）　9786267365472（PDF）
特別聲明：有關本書中的言論內容，不代表本公司／出版集團之立場與意見，文責由作者自行承擔。

國家圖書館出版品預行編目(CIP)資料

超能凱蒂出任務. 1, 月夜救援/寶拉.哈里森(Paula Harrison)文 ;
珍妮.洛芙莉(Jenny Løvlie)圖 ; 黃聿君譯. -- 初版. -- 新北市 :
字畝文化出版 : 遠足文化事業股份有限公司發行, 2024.01
128　面 ; 14.8 × 21　公分
譯自 : Kitty and the moonlight rescue
ISBN 978-626-7365-61-8(平裝)
873.596　　　　　　　　　　　113000233

超能凱蒂 Kitty 出任務 ①

月夜救援

文 / 寶拉・哈里森 Paula Harrison
圖 / 珍妮・洛芙莉 Jenny Løvlie
譯 / 黃聿君

凱蒂
和她的貓咪夥伴

凱蒂

凱蒂天生有著特殊的貓咪超能力，
可是，她準備好跟媽媽一樣，成為超能英雄了嗎？

還好，凱蒂身邊有一群貓咪夥伴
對她信心滿滿，
讓她充分發揮英雄潛力！

小南瓜

流浪小橘貓，
總是全心全意跟隨凱蒂。

費加洛

黑白貓費加洛活力十足，
對城市的街道巷弄瞭若指掌，
隨時都能展開探險。

美美

虎斑貓美美優雅端莊，見多識廣。
一發現有什麼不對勁，
就會馬上連絡凱蒂。

皮皮

小白貓皮皮擅長發現問題，
想像力也超豐富！

1

凱ㄎㄞˇ蒂ㄉㄧˋ跑ㄆㄠˇ跑ㄆㄠˇ跳ㄊㄧㄠˋ跳ㄊㄧㄠˋ，溜ㄌㄧㄡ進ㄐㄧㄣˋ了ㄌㄜˇ爸ㄅㄚˋ媽ㄇㄚ的ㄉㄜ
房ㄈㄤˊ間ㄐㄧㄢ，動ㄉㄨㄥˋ作ㄗㄨㄛˋ就ㄐㄧㄡˋ像ㄒㄧㄤˋ貓ㄇㄠ咪ㄇㄧ一ㄧˊ樣ㄧㄤˋ優ㄧㄡ雅ㄧㄚˇ。
她ㄊㄚ穿ㄔㄨㄢ著ㄓㄜ條ㄊㄧㄠˊ紋ㄨㄣˊ睡ㄕㄨㄟˋ衣ㄧ，奔ㄅㄣ跑ㄆㄠˇ的ㄉㄜ時ㄕˊ候ㄏㄡˋ，
一ㄧˋ頭ㄊㄡˊ黑ㄏㄟ髮ㄈㄚˇ在ㄗㄞˋ臉ㄌㄧㄢˇ頰ㄐㄧㄚˊ旁ㄆㄤˊ邊ㄅㄧㄢ晃ㄏㄨㄤˋ來ㄌㄞˊ晃ㄏㄨㄤˋ去ㄑㄩˋ。
凱ㄎㄞˇ蒂ㄉㄧˋ輕ㄑㄧㄥ輕ㄑㄧㄥ一ㄧˋ跳ㄊㄧㄠˋ，外ㄨㄞˋ加ㄐㄧㄚ一ㄧˊ個ㄍㄜˋ空ㄎㄨㄥ翻ㄈㄢ，
穩ㄨㄣˇ穩ㄨㄣˇ的ㄉㄜ落ㄌㄨㄛˋ在ㄗㄞˋ爸ㄅㄚˋ媽ㄇㄚ床ㄔㄨㄤˊ上ㄕㄤˋ。

1

凱蒂的媽媽微笑著說：「凱蒂，不要這樣橫衝直撞！差不多該上床睡覺了，你還不睏喔？」

「不睏，我精神超好的！」凱蒂坐在床上，看著媽媽變裝。媽媽從衣櫥裡拿出一套黑得發亮的超能英雄裝穿上。

凱蒂家有個特別的祕密：她的媽媽是擁有貓咪超能力的超能英雄！每天晚上媽媽都會外出，幫有難的人們化解危機。

媽媽在黑暗中也看得見，能攀爬高牆，在屋頂上穿梭還能保持完美平衡。

附近一有麻煩發生，媽媽的超能感應就能立刻察覺。最棒的是，媽媽懂貓語，能跟貓咪互相交流祕密！

凱蒂好希望有一天，自己能跟媽媽一樣成為超能英雄。爸爸替凱蒂也做了一套超能英雄裝，凱蒂最愛穿著它在房間玩救援遊戲。她輕輕一跳，就能從窗邊的椅櫃跳到床上，腳完全不落地。

可是每晚睡前，當凱蒂發揮她的夜視超能力望向窗外時，總會看到好多詭異的暗影，還會聽到窸窸窣窣的怪聲音。

她在房間裡安全溫暖又舒適；一想到要跑進黑漆漆的夜裡，就不禁打起冷顫。

凱蒂不確定自己什麼時候才能準備好，成為跟媽媽一樣的超能英雄。

　　「凱蒂，去刷牙洗臉吧！」媽媽說。

　　爸爸把弟弟抱來浴室，「麥克斯，你的刷牙時間也到囉。我們來找找，你的牙刷在哪裡。」

凱蒂跟著爸爸走進浴室，麥克斯卻咯咯笑，以一閃電般的速度逃開了。

媽媽捉住了麥克斯，把他抱回洗手臺前，「麥克斯，當個好孩子，乖乖聽爸爸的話。」

媽媽看著鏡子，戴好超能英雄面罩，「快來不及了！我真的得走了。」

「不能把床邊故事念完再走嗎？」凱蒂問。

「抱歉，小甜心。」媽媽親親凱蒂的額頭，「明天再說吧。」

「凱蒂，我來念床邊故事給你聽吧。」爸爸說。

凱蒂雙肩一沉，她知道當超能英雄出任務很重要，但她好希望媽媽別老是在她睡前急匆匆的出門。

「可是我想要媽媽替我蓋被子、陪我聊天。」凱蒂說。

「那我們現在就來聊聊吧？」媽媽牽著凱蒂回房間，她們一起坐到窗邊的椅櫃上。

窗外夜色漆黑，一輪明亮的滿月高掛屋頂上方，遠處還傳來貓頭鷹的叫聲。

「我們的超能力是一種很特別的天賦，」媽媽一面摸著凱蒂的頭髮，一面說：「在這樣的夜晚，當月亮出來的時候，你會感應到一股神奇的魔力，知道這就是展開冒險任務的好時機。」

　　凱蒂盯著黑漆漆的夜空，忍不住打了一個冷顫。一盞盞路燈發出橘光，忽明忽暗的閃爍，而詭異的暗影，也在各個轉角遊走。

　　「可是外面看起來好恐怖。我永遠沒辦法跟你一樣，當個超能英雄，在黑夜裡行動。」她對媽媽說。

　　媽媽緊緊擁抱凱蒂，「你想當什麼就當什麼。但是，不要讓恐懼限制你，你比自己想的還要勇敢！」

　　凱蒂也緊緊抱著媽媽，「我

一定會努力鼓起勇氣！只是我覺得，要是你不用每晚都出門就好了。」

「我知道，可是外面或許有人需要我的幫助。我們明天早餐吃鬆餅，到時候我再把發生的事統統告訴你。」媽媽露出微笑，然後親了凱蒂一下，「祝你好夢，親愛的。記住，我就在附近。」

凱蒂也微笑著跟媽媽說：「媽媽晚安。」她看著媽媽爬出窗戶，沿著屋頂飛奔，奔向暗黑的夜色裡。

爸爸念了床邊故事給凱蒂聽，凱蒂聽完故事就鑽進被窩，把棉被拉到下巴。被窩好溫暖、好舒服，可是凱蒂還不想睡，她扭啊扭的，翻身側躺，凝視著窗外。

月亮高掛夜空，暗影在屋頂搖曳，風在窗外窸窸窣窣的吹動，凱蒂的心跳得愈來愈快。

她打開床頭燈，從被窩探出頭來張望。「沒什麼好怕的。」凱蒂對自己說。

媽媽的話在她腦海裡迴盪：
「不要讓恐懼限制你，你比自己想的還要勇敢！」

說不定她該把超能英雄裝拿出來穿上，看看會不會變得比較勇敢？

凱蒂從床上跳起來，套上她的英雄裝，再把又輕又軟的黑色斗篷披在肩上，仔仔細細打好蝴蝶結。最後，她接上貓尾巴、戴上天鵝絨的貓耳朵，這才轉身照鏡子。

凱蒂俐落的轉了一圈，斗篷跟著飄逸，她好喜歡英雄裝，也覺得自己更勇敢了一點點。

突然間，窗外傳來唰唰聲，
好像有什麼東西在外面猛抓著
窗戶。

凱蒂轉身，眼睛睜得好大。

15

唰唰聲愈來愈大，接著傳來一聲尖銳的「喵——」，把凱蒂嚇得跳了起來。她衝到窗邊，小心翼翼的往外望。

有一隻黑白貓坐在窗臺上，那隻貓的毛亮麗、有光澤，身體是黑色的，臉、胸、肚子和四隻腳掌則是白色。

凱蒂打開窗戶，那隻貓甩甩尾巴，飛快的跳了進來。

「晚安！我叫費加洛。」貓咪順了順他烏黑的鬍鬚，繼續

16

說：「我有急事要找你媽媽。」

　　凱蒂瞪著黑白貓看，心臟撲通撲通撲通的猛跳。她剛剛真的聽懂了這隻貓在說什麼嗎？

　　「你好，我是凱蒂。」凱蒂勉強鎮定下來回話。

　　「你好啊！」費加洛大大的鞠了一個躬，「凱蒂，拜託你帶我去見你媽媽，情況緊急，我一定得找她幫忙！」

　　凱蒂胃裡一陣翻攪，她真的聽得懂貓在說什麼。「抱歉，但我媽媽出門了。她剛剛才離開的。」

　　費加洛伸出一隻前掌，搗著臉說：「真是太糟糕了……等等！」

17

他盯著凱蒂的英雄裝，「你也是超能英雄啊，你一定要幫幫我們，我們碰上了超級大災難！」

「呃，可能沒辦法耶。」凱蒂說：「我沒有經驗，不知道該怎麼做。」

「可是你也是超能英雄啊？」費加洛不放棄，堅持說：「如果你不幫我們，我們還能找誰呢？」

凱蒂忐忑的看著夜空，黑漆漆的、一片深沉。她換上英雄裝，只是想給自己打打氣，現在好了，竟然讓貓咪誤把她當成真正的超能英雄！

她該怎麼開口跟貓咪坦白自己怕黑，根本不敢到外面去呢？

2

凱蒂不安的望向夜色，一想到要在黑夜裡四處冒險，她就緊張得快暈倒了。該怎麼跟費加洛解釋呢？費加洛可是把她當成勇敢的超能英雄啊！

「出了什麼事？」凱蒂問：「有

人受傷了嗎？」

　　費加洛跳上凱蒂的床鋪，不耐煩的拍動尾巴，「鐘塔那邊傳來淒厲的慘叫聲，附近的動物都好擔心！我們不知道是誰在那邊鬼哭神號，你一定要幫幫忙！」

凱蒂把頭探出窗外，又驚又喜的發現自己擁有超級聽力。鐘塔離凱蒂家很遠，但那個尖銳淒厲的呼嚎聲，她可是聽得一清二楚。聽著聽著，一股顫慄竄過她的背脊。

「鐘塔很高，牆面也很滑，我們都爬不上去。屋頂上的大家今晚全慌亂成一團，凱蒂，你一定要幫幫我們。」

凱蒂的胃裡一陣翻騰。那個穿腦魔音可能來自任何動物！她真的想走入黑夜，找出答案嗎？

費加洛輕輕的跳下床，他把前掌放在凱蒂的膝蓋上，表情嚴肅的說：「凱蒂，拜託！我們真的需要你幫忙！」

凱蒂深吸一一口氣。她是真的想幫忙，而且她內心確實有一點蠢蠢欲動，想知道在黑夜中探險是什麼感覺。

凱蒂再次大大的吸一口氣，她對費加洛說：「帶路吧，我們去鐘塔。」

費加洛好開心，鬍鬚都翹了起來，「喔，謝謝你！你的恩情，哈倫市的所有貓咪會永遠記得。」

他蹦跳到窗前，白色腳掌閃閃發亮，「跟我來，我馬上帶你去鐘塔。」

凱蒂穿上她的橘色運動鞋，爬上窗臺，一顆心撲通撲通的猛跳。

雲朵飄過，遮住又大又亮的滿月，讓夜色變得更黑了。有那麼一下下，凱蒂差點就轉身回房間。

不過她還是鼓起勇氣，深呼吸後，爬到窗外，接著踏上屋頂，努力保持平衡，心依然跳得好快好快。

凱蒂彷彿感覺到，周遭大大小小的暗影紛紛延伸，朝她爬了過來。

她忍住全身一陣顫慄，環顧四周，尋找她熟悉的地方。

有了！轉角那邊，正是哈維先生的店，卡片和雜誌全都展示在櫥窗裡。

再過去一點就是公園，有高大的樹，和有小鴨出沒的池塘。而鐘塔在遠處，看起來好小。

一陣風吹過凱蒂的脖子，感覺像是一隻冰冷的手指撫過。

25

一隻不知名的生物，張開大大的翅膀，倏的飛過凱蒂身邊，還發出一聲刺耳怪叫，嚇得她僵在原地，就快無法呼吸。

「別擔心，那只是貓頭鷹。」費加洛一面說，一面跳過屋頂。

凱蒂動彈不得，她緊抓著煙囪，感覺磚石摸起來好粗糙。

在她正要跟費加洛說實話，承認自己不是正牌的超能英雄時，原本遮住月亮的烏雲散開了。

　　月光傾瀉在屋頂上，四周景物全閃著柔和的銀光。突然間，凱蒂發現在她的身體裡，有一股神奇的超能感應力湧現，從頭頂到腳趾，全身上下都感覺得到！

　　她瞇起雙眼，發揮夜視超能力，並仔細傾聽，發現自己能聽到好多小小的、夜晚專有的聲音，從昆蟲唧唧的叫聲，到風輕輕吹過樹林的聲音，統統聽得一清二楚。

凱蒂放開煙囪，感覺平衡超能力在身體裡流動。

這種感覺超神奇的！凱蒂大步蹦跳，穿越屋頂，姿態就像月光一樣輕盈。

「快跟上！往這邊！」費加洛喊著，躍過一座又一座的屋頂。

凱蒂也輕鬆躍過屋頂，接著，她一個空翻，以趾尖落地。

費加洛回頭看，朝凱蒂點點頭，表示讚許。凱蒂則回給費加洛一個微笑。

這時風向轉變，從鐘塔傳來的穿腦魔音也愈來愈響亮。

費加洛搖搖頭說：「情況又變糟了，我們得加快腳步！」

凱蒂和費加洛沿著屋頂全力奔跑，沒想到，費加洛卻突然停下腳步，搔搔耳朵說：「不妙！太遠了，跳不過去。」

凱蒂挪動身體，緊靠著窄窄的窗臺邊緣，「我想，我有辦法過去。」

她抓住對面屋簷的排水管，成功的往上爬。之後他們繼續沿著屋頂，跑過一個又一個煙囪。

在下一座屋頂上，有個詭異的暗影在晃動。凱蒂吞了吞口水，那個暗影，看起來就像一隻雙頭怪獸。

「那只是影子而已。」凱蒂對自己說：「記住，你比自己想的還要勇敢！」她又仔細看了一眼，發現那隻雙頭怪獸，只是一道歪七扭八的樹影。

凱蒂彎起膝蓋，準備起跳，跳到對面屋頂上。

「救命！」這時，突然有個細小的聲音喊道：「拜託，快來救救我！」

凱蒂運用超能聽力，仔細聆聽求救聲，「費加洛，等等！有人需要幫忙。我想求救聲是從公園那邊傳來的。」

凱蒂沿著排水管往下爬，一到地面，就朝公園大門跑去。

「老天！」費加洛落地時，微微喘著氣，「好一個多災多難的夜晚！」

33

離開街道之後，凱蒂和費加洛沿著貫穿整座公園的蜿蜒小徑狂奔。黑夜像是一條毯子，密密的裹住他們。

矮矮的樹叢間傳出劈啪聲，凱蒂緊張的看向四周。沒了街燈、沒了住家，一切變得好黑暗。

小徑在中途分成了兩條岔路。凱蒂遲疑了一下，再次仔細聆聽求救聲。

「我去這邊找。」費加洛揮揮前掌，朝池塘方向跑去，一下子就不見蹤影。

凱蒂負責另一條岔路，她一

面跑，一面專注的使用夜視超能力。順著岔路拐彎時，她看見一團毛茸茸的橘色身影閃過。那是一隻狐狸，牠的尾巴末端是白色的，正在一棵樹下徘徊。

狐狸瞄了凱蒂一眼，抬起黑鼻子嗅了嗅。凱蒂往後退了幾步，狐狸眼露凶光。

「救命啊！」樹上傳來微弱的求救聲，凱蒂的心臟跳得好快。有人被困在樹上！她趕緊跑了過去，狐狸飛快溜走，白尾巴在月光下閃閃發亮。

凱蒂抬頭，仔細觀察濃密的枝葉，只見一團黑，「別害怕！我來救你了。」

　　沒有回應。凱蒂繼續抬頭望，頭髮扎得她的脖子又刺又癢。

　　「我叫凱蒂。」她再試了一次，「你還好嗎？」

　　只有凝重的寂靜。

　　凱蒂的心在胸口怦怦亂跳。一團團的樹葉，又多又密，就算運用夜視超能力，也看不到裡面有什麼。是誰被困在樹上？為什麼不回應呢？

突然間，整座公園像是活了過來似的，窸窸窣窣的聲音四起。凱蒂深吸一一口氣，現在只有一個方法，能找出是誰在求救。

　　她在黑暗中找到了踏腳處，接著抓住大樹最矮的樹枝，開始往上爬。

3

凱蒂從這根樹枝盪到另一根，不斷往上爬。她頭上的樹葉劇烈晃動，發出響亮的沙沙聲。

凱蒂爬得愈快，那個不知名的人或是動物，就爬得離她愈遠。

「等等！我是來幫你的。」凱蒂大喊。

沙沙聲停了下來。在粗大的樹枝末端，露出一對綠色眼睛，眨啊眨的。「你確定你不是怪獸嗎？」那個小小的聲音問。

凱蒂發現自己是在跟貓說話，「我保證我不是怪獸。我是個平凡的小女孩，只不過我會說貓語。這是我們家族代代相傳的特殊能力。」凱蒂繼續解釋：「你放心過來，我不會傷害你的。」

「喔！」綠眼睛又眨了眨，「我叫皮皮。」枝葉晃動，一隻毛茸

茸的小白貓爬到凱蒂身邊。

「發生了什麼事？狐狸嚇著你了嗎？」凱蒂問。

「我爬到樹上，幻想自己有翅膀，是一隻魔法貓咪，然後就聽到好可怕的哀嚎聲。你聽到了嗎？我想那是幽……幽……幽靈！」皮皮的鬍鬚不停顫抖。

「費加洛說，聲音是從鐘塔傳來的。我現在正要過去調查。」凱蒂說。

皮皮用前掌緊緊抓住凱蒂的手臂，「千萬不能去！要是被那個幽靈看見，你該怎麼辦？」

凱蒂吞了吞口水，「絕對不可能是幽靈。」她堅定的說：「你要不要跟我們一起過去，親眼看看是怎麼一回事？樹下的狐狸跑走了，地面現在很安全。」

皮皮跟著凱蒂爬下樹，嘴裡還不停嘟喋著幽靈和怪獸。凱

蒂很好奇，這隻小貓咪的想像力究竟有多豐富。

凱蒂和皮皮穿過好幾座樹叢，發現費加洛正踩著小碎步朝他們跑來。費加洛身邊跟著一隻虎斑貓，琥珀色的雙眼，流露嚴肅神情。

「凱蒂！原來你在這裡！」費加洛扭扭鬍鬚說：「害我擔心死了！皮皮，你怎麼會在這兒？」

「我本來在樹上，想像自己長了翅膀！但凱蒂要我下來，說我得跟你們一起去鐘塔看幽靈。」皮皮回答。

費加洛噴了一聲，「天啊！你還是跟平常一樣，滿腦子天馬行空。」

他朝有著琥珀色眼睛的貓咪揮揮前掌，「凱蒂，我跟你介紹，這是我朋友，美美。她有關於鐘塔騷動的最新消息。」

「很高興認識你。」凱蒂說。

虎斑貓鞠躬致意。她的毛色很美，顏色就像蜂蜜，尾巴又長又高雅。

「哈囉，美美！」皮皮跳到虎斑貓面前，和她互碰鼻子打招呼。

「美美，這位是我們的新朋友，凱蒂。」費加洛說：「凱蒂跟她媽媽一樣有超能力，所以我請她來幫我們。」

凱蒂突然感覺到胃裡一陣不舒服，「其實，我算不上是真正的超能英雄⋯⋯」

「你當然是！」費加洛插話，接著轉頭對美美說：「說吧，鐘塔那邊有什麼新消息？」

「我朋友貓頭鷹跟我說，鐘塔上有生物，」美美說：「可是他飛得不夠近，沒能看清楚是哪種生物。貓頭鷹看起來嚇壞了，那真的是怪物魔音！」

凱蒂靜下來，再次仔細聆聽。她現在不用超能力，也聽得到從鐘塔傳來的淒厲嚎叫聲。叫聲變得比先前更大、更刺耳了。

「我知道一條捷徑，」美美低聲悄悄的說：「跟我來。」

凱蒂和其他貓咪，跟著美美穿
越公園。夜裡的公園看起來很不
一樣：鞦韆和溜滑梯，在月光照耀
下閃閃發亮。小鴨池塘也像是一
枚銀幣，散發著光芒。

　　樹ㄕㄨˋ上ㄕㄤˋ的ㄉㄜ˙樹ㄕㄨˋ葉ㄧㄝˋ發ㄈㄚ出ㄔㄨ聲ㄕㄥ響ㄒㄧㄤˇ，一ㄧ隻ㄓ褐ㄏㄜˊ白ㄅㄞˊ相ㄒㄧㄤ間ㄐㄧㄢ的ㄉㄜ˙小ㄒㄧㄠˇ貓ㄇㄠ頭ㄊㄡˊ鷹ㄧㄥ從ㄘㄨㄥˊ天ㄊㄧㄢ而ㄦˊ降ㄐㄧㄤˋ，停ㄊㄧㄥˊ在ㄗㄞˋ樹ㄕㄨˋ枝ㄓ上ㄕㄤˋ。美ㄇㄟˇ美ㄇㄟˇ朝ㄔㄠˊ小ㄒㄧㄠˇ貓ㄇㄠ頭ㄊㄡˊ鷹ㄧㄥ點ㄉㄧㄢˇ點ㄉㄧㄢˇ頭ㄊㄡˊ，小ㄒㄧㄠˇ貓ㄇㄠ頭ㄊㄡˊ鷹ㄧㄥ呼ㄏㄨ呼ㄏㄨ叫ㄐㄧㄠˋ了ㄌㄜ˙幾ㄐㄧˇ聲ㄕㄥ，然ㄖㄢˊ後ㄏㄡˋ就ㄐㄧㄡˋ展ㄓㄢˇ開ㄎㄞ翅ㄔˋ膀ㄅㄤˇ，飛ㄈㄟ進ㄐㄧㄣˋ漆ㄑㄧ黑ㄏㄟ夜ㄧㄝˋ色ㄙㄜˋ裡ㄌㄧˇ。

凱蒂和三隻貓咪離開公園後，路過一排商店。費加洛在一家魚鋪前停下腳步，舔著嘴說：「老天！那條黑線鱈看起來超美味的。」他的肚子咕嚕咕嚕的叫了起來。

就在這個時候，鐘塔再次傳來淒厲的叫聲。那叫聲好悲傷、好孤單，凱蒂聽得心都痛了。

「加油！」她對同行的貓咪夥伴喊話：「我們就快到了。」他們繼續行動，穿過一條小巷，小巷的盡頭，是一座被房子包圍的小廣場。

鐘塔就在眼前，塔頂高聳入雲。巨大的鐘面，就跟天上的滿月一樣，圓圓、白白的。上面的指針顯示再過五分鐘，就是午夜十二點了。

鐘塔牆面光滑無比，凱蒂發揮夜視超能力，盯著石砌的牆面看，視野愈來愈清晰。

她專心聽著哀嚎聲，最後在一道窄窄的平臺上，發現有東西縮成一團。

那既不是幽靈，也不是可怕的怪獸，而是一隻小橘貓！小橘貓的尾巴緊緊圍住身體，藍色的雙眼睜得好大，充滿恐懼。

「在最靠近塔頂的平臺上，有一隻小貓縮在那裡。」凱蒂對其他貓咪說：「那麼高的地方，天知道他是怎麼爬上去的。」

「天啊！」費加洛說：「一隻小幼貓，怎麼能搞出這場驚天大騷動？」

「那種叫聲根本不像是小貓發出來的。」皮皮搖搖雪白的尾巴說。

「從那邊可以爬到鐘塔塔頂。」美美指著一棟門廊矮矮的屋子，「凱蒂，動作快，我們沒時間了。」

凱蒂點點頭，感謝美美提出了聰明的解決方案。她先爬上門廊的屋簷，再從那邊爬上屋頂。三隻貓咪跟在凱蒂身後。

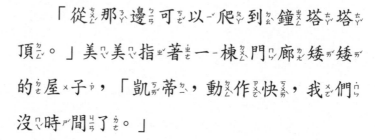

52

那ㄋㄚˋ隻ㄓ卡ㄎㄚˇ在ㄗㄞˋ高ㄍㄠ塔ㄊㄚˇ上ㄕㄤˋ的ㄉㄜ小ㄒㄧㄠˇ橘ㄐㄩˊ貓ㄇㄠ往ㄨㄤˇ下ㄒㄧㄚˋ一ㄧ看ㄎㄢˋ，全ㄑㄩㄢˊ身ㄕㄣ顫ㄓㄢˋ抖ㄉㄡˇ得ㄉㄜ好ㄏㄠˇ厲ㄌㄧˋ害ㄏㄞˋ。他ㄊㄚ淡ㄉㄢˋ橘ㄐㄩˊ色ㄙㄜˋ的ㄉㄜ毛ㄇㄠˊ上ㄕㄤˋ，有ㄧㄡˇ著ㄓㄜ一ㄧ道ㄉㄠˋ道ㄉㄠˋ黑ㄏㄟ色ㄙㄜˋ條ㄊㄧㄠˊ紋ㄨㄣˊ，看ㄎㄢˋ起ㄑㄧˇ來ㄌㄞˊ就ㄐㄧㄡˋ像ㄒㄧㄤˋ一ㄧ隻ㄓ小ㄒㄧㄠˇ老ㄌㄠˇ虎ㄏㄨˇ。

小ㄒㄧㄠˇ橘ㄐㄩˊ貓ㄇㄠ下ㄒㄧㄚˋ方ㄈㄤ的ㄉㄜ巨ㄐㄩˋ大ㄉㄚˋ鐘ㄓㄨㄥ面ㄇㄧㄢˋ，顯ㄒㄧㄢˇ示ㄕˋ再ㄗㄞˋ過ㄍㄨㄛˋ四ㄙˋ分ㄈㄣ鐘ㄓㄨㄥ就ㄐㄧㄡˋ到ㄉㄠˋ午ㄨˇ夜ㄧㄝˋ了ㄌㄜ。

凱ㄎㄞˇ蒂ㄉㄧˋ連ㄌㄧㄢˊ忙ㄇㄤˊ深ㄕㄣ吸ㄒㄧ一ㄧ口ㄎㄡˇ氣ㄑㄧˋ。就ㄐㄧㄡˋ快ㄎㄨㄞˋ午ㄨˇ夜ㄧㄝˋ了ㄌㄜ，到ㄉㄠˋ時ㄕˊ候ㄏㄡˋ鐘ㄓㄨㄥ塔ㄊㄚˇ會ㄏㄨㄟˋ連ㄌㄧㄢˊ敲ㄑㄧㄠ十ㄕˊ二ㄦˋ次ㄘˋ鐘ㄓㄨㄥ，震ㄓㄣˋ耳ㄦˇ欲ㄩˋ聾ㄌㄨㄥˊ的ㄉㄜ鐘ㄓㄨㄥ響ㄒㄧㄤˇ鐵ㄊㄧㄝˇ定ㄉㄧㄥˋ會ㄏㄨㄟˋ嚇ㄒㄧㄚˋ壞ㄏㄨㄞˋ小ㄒㄧㄠˇ橘ㄐㄩˊ貓ㄇㄠ。要ㄧㄠˋ是ㄕˋ他ㄊㄚ被ㄅㄟˋ嚇ㄒㄧㄚˋ得ㄉㄜ摔ㄕㄨㄞ下ㄒㄧㄚˋ來ㄌㄞˊ的ㄉㄜ話ㄏㄨㄚˋ，該ㄍㄞ怎ㄗㄣˇ麼ㄇㄜ辦ㄅㄢˋ？

「別ㄅㄧㄝˊ怕ㄆㄚˋ！」凱ㄎㄞˇ蒂ㄉㄧˋ對ㄉㄨㄟˋ小ㄒㄧㄠˇ橘ㄐㄩˊ貓ㄇㄠ大ㄉㄚˋ喊ㄏㄢˇ。

「我叫凱蒂，他們是費加洛、皮皮和美美。 我們是來幫你的。」

小橘貓低頭盯著他們看，「喵嗚嗚——！」他放聲大叫，眼淚沿著毛茸茸的臉頰滴了下來。

「可憐的小東西！」美美說：「真不知道他怎麼會卡在那種地方。」

「他年紀這麼小，竟然爬到那麼高的地方。」費加洛搖搖頭說：「現在的小貓，真是有夠莽撞！」

皮皮綠色的雙眼望向凱蒂，「你會救他下來，對吧？」

凱蒂的胃又開始翻攪，「我試試看！」她結結巴巴的說：「可是我不算真正的超能英雄。其實這是我第一次進行救援任務。」

「可是你穿著超能英雄裝啊！」費加洛大喊。

「只是穿好玩的！」凱蒂拼命解釋：「我真的不確定自己能不能勝任。」

「你都已經走到這一步了。」美美說：「而且你確實遺傳了家族的超能力。」

費加洛皺著眉說：「沒錯！別忘了，你先前聽到皮皮的求救聲，不就勇氣十足的衝進黑漆漆的公園救她嗎？當時我就在想，你真的好勇敢！」

皮皮猛點頭，「要不是你，我

應該整晚都會被困在樹上。」

聽到大家的讚美，凱蒂臉都紅了。她再次想起媽媽曾說過的話：「你比自己想的還要勇敢！」

凱蒂轉頭望向巨大的鐘塔，一想到要爬到那麼高的地方，她的頭就暈了。接著，她看看小橘貓，他依然緊緊攀著平臺，不敢放手。

凱蒂閉上眼睛，感覺超能力在身體裡流動。「小橘貓的處境很危險，我知道自己一定要做點什麼！」

凱蒂看著對面高聳的鐘塔，塔的外牆上有一條窄窄的石砌牆簷。凱蒂和鐘塔之間，像是一道又深又黑的峽谷，底下滿是暗影。

寒風吹亂了她的頭髮，凱蒂猛吸一口氣，跳了過去，俐落的落在牆上。她用指尖抓住石牆縫隙，開始往上爬。

石牆上一塊塊的石磚，表面又光又滑。凱蒂把手指插入磚頭之間的縫隙，飛快的向上爬。

「你辦得到的！」皮皮大喊。

凱蒂的身下一片漆黑，幸好月光灑在鐘塔上，讓每一塊石磚都

閃著銀光。

　　凱蒂感覺超能力流過全身，使她的心跳漏了一拍。或許自己終究和媽媽一樣，也是一位超能英雄！

　　凱蒂攀上另一道牆簷，接著暫停一下，喘口氣。小橘貓往下看著她，眼睛睜得又圓又大。

　　鐘面上的分針，突然間喀擦一聲，往前挪動了一格，小橘貓嚇得跳了起來。

　　凱蒂也不禁心頭一緊。

　　快沒時間了。

凱蒂加快速度往上爬，手臂和腿都刺痛了起來。她聽得到鐘塔裡，齒輪和發條運轉的聲音。

喀擦一聲巨響，時針轉動，直指「12」。午夜到了！

「鐘聲就要響了，你別被嚇著喔！」凱蒂大喊。

小橘貓緊抓著腳下的石磚，渾身抖得好厲害，「『鐘聲』是什麼東西？」

噹！鐘塔發出低沉聲響，鐘聲好大、好響亮，整座鐘塔都跟著晃動起來。

凱蒂緊緊攀住牆面。

小橘貓嚇得跳起來，整個身體向後傾，隨著喵的一聲尖叫，摔落下來。

「不要！」凱蒂大叫。

在墜落的瞬間，小橘貓驚險的抓住了分針，緊抱著不放。

分針往後滑動，指向「11」。小橘貓掛在上頭，哀嚎求救，兩隻小腳在空中亂踢亂晃。

「別放手！我這就來救你！」凱蒂的超能力在身體裡流竄，攀爬的速度快到不可思議。

她得及時趕到小橘貓的身邊，其他什麼事都不重要了！

鐘聲繼續敲，凱蒂縮著身體，低著頭繼續爬……

十下、十一下、十二下，最後一聲鐘響才剛敲完，一陣強風

就襲捲鐘塔。

小橘貓被吹得東搖西晃，他一隻手一下子沒抓穩分針，滑開了。

凱蒂的心臟猛跳，她絕不能讓小橘貓掉下去！

「凱蒂！我們相信你！」費加洛在下面大喊。

「凱蒂！加油！」美美也大喊著：「你辦得到的！」

皮皮用前掌摀著嘴巴，急得跳上跳下。

凱蒂抓緊鐘面下方的平臺，把自己撐了上去。

　　小橘貓單手抓著分針，身體在空中搖晃，想碰到他真的很難。

　　凱蒂深呼吸，爬向鐘面。她先抓住離她最近的數字，身上的黑斗篷在風中飄舞晃動。

　　凱蒂發揮平衡超能力，一個數字接著一個數字的攀爬，終於爬到了小橘貓的正下方。

　　小橘貓的後掌，就在她頭頂上晃動。凱蒂穩住身體。

　　「我來救你了！」凱蒂對小橘貓說：「把手伸下來，拉住我的手。」

小橘貓的雙腿抖得好厲害，
「沒辦法！我卡住了！」

「讓我來幫助你！」凱蒂說：
「你好勇敢，在上面撐了這麼
久。把手給我，我保證一定會
接住你。」

小橘貓的一雙藍眼睛充滿了
恐懼，他看著凱蒂說：「我真的
動不了！」

「拿出勇氣！」凱蒂催促著
小橘貓，「我知道你辦得到！」

小橘貓的鬍鬚不停顫抖，慢
慢將一隻手往下伸。凱蒂趕緊
抓住了他的手。

小橘貓的另外一隻手也放開了分針，凱蒂接住他，把他拉進懷裡。

凱蒂感覺得到，小橘貓小小的身體，在她的臂彎裡直發抖。

狂風不斷吹來，凱蒂緊緊攀住鐘面。在安全回到屋頂之前，他們還有好長的一段路。

「勾住我的肩膀，」凱蒂對小橘貓說：「這樣子我才能騰出手來爬牆。」

小橘貓手忙腳亂的勾住凱

蒂ㄉㄧˋ的ㄉㄜˊ肩ㄐㄧㄢ膀ㄅㄤˇ。

　凱ㄎㄞˇ蒂ㄉㄧˋ小ㄒㄧㄠˇ心ㄒㄧㄣ翼ㄧˋ翼ㄧˋ保ㄅㄠˇ持ㄔˊ平ㄆㄧㄥˊ衡ㄏㄥˊ，爬ㄆㄚˊ下ㄒㄧㄚˋ鐘ㄓㄨㄥ面ㄇㄧㄢˋ。

　小ㄒㄧㄠˇ橘ㄐㄩˊ貓ㄇㄠ牢ㄌㄠˊ牢ㄌㄠˊ摟ㄌㄡˇ著ㄓㄜ凱ㄎㄞˇ蒂ㄉㄧˋ的ㄉㄜˊ脖ㄅㄛˊ子ㄗˇ，緊ㄐㄧㄣˇ張ㄓㄤ兮ㄒㄧ兮ㄒㄧ的ㄉㄜˊ往ㄨㄤˇ下ㄒㄧㄚˋ望ㄨㄤˋ。

　「我ㄨㄛˇ們ㄇㄣ離ㄌㄧˊ地ㄉㄧˋ面ㄇㄧㄢˋ太ㄊㄞˋ遠ㄩㄢˇ了ㄌㄜ！」小ㄒㄧㄠˇ橘ㄐㄩˊ貓ㄇㄠ尖ㄐㄧㄢ叫ㄐㄧㄠˋ著ㄓㄜ：「絕ㄐㄩㄝˊ對ㄉㄨㄟˋ沒ㄇㄟˊ辦ㄅㄢˋ法ㄈㄚˇ成ㄔㄥˊ功ㄍㄨㄥ的ㄉㄜ！」

「沒問題的。」凱蒂對小橘貓說：「你看看對面屋頂。看到了嗎？我的朋友都在上面，你很快就能跟他們見面了。」

小橘貓看著對面屋頂，鬍鬚微微顫動。凱蒂繼續往下爬，可是小橘貓巴著她的臉，遮住了她的視線。

凱蒂不想讓小橘貓擔心，所以沒多說。她運用超能力維持平衡，並且憑著觸感，在石磚間找到踏腳和搭手的縫隙。

她聽得到費加洛和美美在對面屋頂上講話的聲音，所以也

不怕爬錯方向。

最後，凱蒂和小橘貓終於爬到凱蒂一開始落腳的牆簷。

「準備好了嗎？」凱蒂問小橘貓：「我要跳到對面的屋頂上囉。」

「你是說……一口氣從這邊跳過去？」小橘貓尖聲喵喵叫，看著鐘塔和對面屋頂間的距離說：「太遠了！我們會摔下去的！」

「別擔心，我已經成功跳過一次了。」凱蒂微笑著說：「而且，我有超能力。」

小橘貓的眼睛睜得又圓又大，「所以你真的是超能英雄？」

「我還在見習中，」凱蒂說：「今晚是我第一次出任務冒險！」

小橘貓的表情變得認真嚴肅，他凝視著凱蒂說：「我相信你！你跳的時候，我會抱得緊緊的！」

凱蒂彎起膝蓋，兩手向後甩，準備好起跳。她這一跳，跳得又高又遠，黑色斗篷在身後飛舞。有好一會兒，她覺得自己在空中飛翔。

她輕巧的降落在對面屋頂上，接著把小橘貓放下來。費加洛、美美和皮皮，全都興奮的喵喵叫，衝過來迎接他們。

「哇！救援任務大成功！」皮皮驚嘆：「凱蒂，你害不害怕啊？」

「有一點點。」凱蒂坦承：「可是我知道，你們全都相信我。這給我了很大的力量。」

「你攀爬的技巧好高超。」美美說：「費加洛，你說對不對？」

「對，的確是這樣！」費加洛扭扭鬍鬚說：「不過我還是覺得這隻小貓有夠傻，竟然爬到那麼高的地方。」

費ㄈㄟˋ加ㄐㄧㄚ洛ㄌㄨㄛˋ轉ㄓㄨㄢˇ頭ㄊㄡˊ問ㄨㄣˋ小ㄒㄧㄠˇ橘ㄐㄩˊ貓ㄇㄠ：「說ㄕㄨㄛ
真ㄓㄣ的ㄉㄜ˙，你ㄋㄧˇ爬ㄆㄚˊ到ㄉㄠˋ那ㄋㄚˋ麼ㄇㄜ˙高ㄍㄠ的ㄉㄜ˙地ㄉㄧˋ方ㄈㄤ做ㄗㄨㄛˋ
什ㄕㄣˊ麼ㄇㄜ˙？」

小橘貓鼻子抽動，一顆淚珠沿著毛茸茸的臉頰滑落。「我在找溫暖的地方過夜。我以為爬到高一點的地方，看得比較清楚，比較容易找到。然後我才發現自己爬得太高，下不來了。」

　　凱蒂在小橘貓身旁蹲下，「拜託，不要哭！你叫什麼名字？附近有沒有家人或是朋友，可以照顧你？」

　　小橘貓搖搖頭說：「我沒有家人，沒有朋友，也沒有名字。」

　　凱蒂看著小橘貓，一臉訝異。

這麼可愛的小橘貓，怎麼會連名字都沒有？

「嗯，但現在你有朋友啦！」凱蒂看向其他貓咪，大夥紛紛點頭，表示同意。

「我們都很想當你的朋友，你呢？」凱蒂問。

小橘貓伸出前掌，擦掉眼淚，臉上慢慢綻放出笑容，「這正是我最想要的！」

5

凱蒂和小橘貓一起坐在屋頂上。下方的街道，一片漆黑寂靜。頭上的星星，閃閃發亮，像是鑽石一樣，撒滿了夜空。

「你平常喜歡在哪裡過夜呢？」凱蒂問小橘貓。

「我喜歡睡在溫暖明亮的地方，因為我……」小橘貓扭動耳朵，「因為我有一點怕黑。」

「我有時候也會，尤其是在月亮被雲遮住、到處都是暗影的時候。」凱蒂看看小橘貓，再抬頭望著美麗的夜空。

她想起媽媽對她說過的話，開始微笑，「不過，夜晚不像我想的那麼可怕。月亮出來的時候，我真的能感覺到一股神奇的魔力。」

小橘貓點點頭，藍色眼睛睜得大大的。

「你接下來要去哪裡呢？」

費加洛問小橘貓：「我家的人類不准我帶朋友回家。有一次我帶朋友回家，結果弄得全家雞飛狗跳！」

小橘貓垂頭喪氣的說：「我不知道。有時候我會睡在魚鋪外面，早上開店的時候，老闆會給我一兩口魚吃。可是魚鋪外面的石階好冷、好硬。」

　　「你跟我回家吧！」凱蒂堅定的說：「我家人都很愛貓。你可以睡我房間，早上我請你吃美味的早餐。」

小橘貓精神都來了，「真的嗎？我真的可以跟你回家？」

凱蒂微笑著回答：「當然可以！明天一早你就可以跟我的家人見面了。」

小橘貓開心得跳上跳下，「我一直都想看看真正的家是什麼樣子。凱蒂，謝謝你！」

凱蒂領著一群貓爬下屋頂，穿過廣場往回走。等他們走到公園的時候，小橘貓發起抖來。

他對著尖尖刺刺的樹叢喵喵狂叫，接著跳進凱蒂的懷裡。

「怎麼了？」凱蒂問。

「那個尖尖刺刺的東西！看起來像是怪獸！」小橘貓驚聲尖叫。

「別緊張，沒什麼好怕的。」凱蒂把小橘貓放回地上，可是不一會兒，小橘貓瞧見在風中搖動的樹枝，又跳回了凱蒂懷裡。

凱蒂就這樣抱著小橘貓穿越公園。他們經過公園大門、池塘、鞦韆的時候，小橘貓又是一陣喵喵狂叫。

最後，小橘貓開始
打起瞌睡。路過公園長椅時，
他尖叫著喵了最後一聲，接著就
閉上眼睛睡著了。他那有著斑紋
的頭，緊靠在凱蒂的肩膀上。

「可憐的小東西！」皮皮輕聲說：「這樣草木皆兵，生活一定很痛苦。」

費加洛翻翻白眼說：「他睡著了，這下子終於安靜了。拜託，別把他吵醒了！」

凱蒂和貓咪夥伴匆匆離開公園，又爬上了屋頂。他們在一座座屋頂上狂奔，小心繞過一排排的煙囪。

最後，凱蒂看到自己房間的窗戶，就在一排房屋的最尾端。她離開時沒關床頭燈，燈光透過窗簾照了出來。

「謝謝大家，幫助我完成第一場救援任務。」凱蒂對費加洛、美美和皮皮說。

「這是我們的榮幸。」美美行禮致意。

「你的表現可圈可點！我猜你以後還會想繼續冒險出任務。」費加洛對凱蒂眨眨眼。

「沒錯！」凱蒂笑著回答。

小橘貓醒來，睡眼惺忪的揮揮前掌，「謝謝大家，拜拜！」

「拜拜！我們回頭見。」皮皮開心的搖搖尾巴。

凱蒂看著費加洛帥氣的黑色身影，踩著白色腳掌，飛快躍向下一座屋頂。

美美緊跟在費加洛身後，她的毛在月光照耀下，變成淡淡的蜂蜜色。

皮皮最後才跟上，雪白的身體在黑暗中閃閃發亮。

凱蒂滿足的輕嘆一口氣。這一夜過得真精采！

她先把小橘貓放上窗臺，再爬進房間裡，「這是我的房間，希望你喜歡。我有很多軟軟的枕頭和靠墊，要不要進來看看？」

小橘貓的鬍鬚抖了抖，「我……我不知道！我以為我想看看真正的家，可是……萬一我被困在裡面，該怎麼辦？」

「不會的！我保證會照顧你。」凱蒂好驚訝，沒想到小橘貓有這種想法。

小橘貓害怕的往後退，縮到窗臺角落，「我不想進去！拜託不要生我的氣！」

「你別擔心，我沒生氣！」凱蒂伸長手，輕輕撫摸小橘貓的額頭，「我只是怕你會冷。」

「這裡滿溫暖的。」小橘貓在窗臺躺下，用尾巴圍著身體。

凱蒂抓了幾個靠墊和枕頭，擺在椅櫃上。她讓窗戶開著，自己睡在椅櫃上，陪在小橘貓身邊。

她看得出來，小橘貓的肚子緩緩起伏，睡得很安穩。

凱蒂希望小橘貓正作著好夢，最後，她也閉上眼睛。

頭頂上的夜空，像一大片黑色天鵝絨，星星一閃一閃亮晶晶。

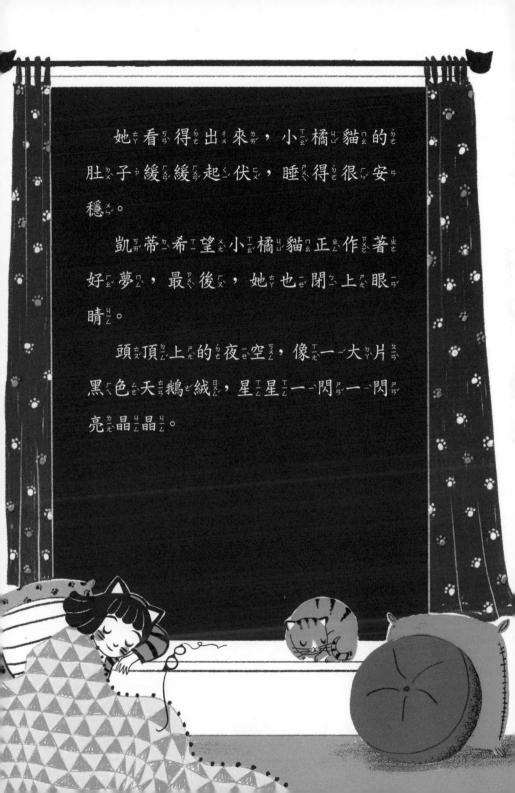

6

第ㄉㄧˋ二ㄦˋ天ㄊㄧㄢ早ㄗㄠˇ上ㄕㄤˋ，凱ㄎㄞˇ蒂ㄉㄧˋ醒ㄒㄧㄥˇ來ㄌㄞˊ的時ㄕˊ候ㄏㄡˋ，媽ㄇㄚ媽ㄇㄚ正ㄓㄥˋ替ㄊㄧˋ她ㄊㄚ撥ㄅㄛ開ㄎㄞ臉ㄌㄧㄢˇ上ㄕㄤˋ的髮ㄈㄚˇ絲ㄙ。

凱ㄎㄞˇ蒂ㄉㄧˋ倏ㄕㄨ的ㄉㄜ坐ㄗㄨㄛˋ起ㄑㄧˇ來ㄌㄞˊ，心ㄒㄧㄣ裡ㄌㄧˇ納ㄋㄚˋ悶ㄇㄣˋ，自ㄗˋ己ㄐㄧˇ怎ㄗㄣˇ麼ㄇㄜ不ㄅㄨˋ在ㄗㄞˋ床ㄔㄨㄤˊ上ㄕㄤˋ，而ㄦˊ是ㄕˋ睡ㄕㄨㄟˋ在ㄗㄞˋ椅ㄧˇ櫃ㄍㄨㄟˋ上ㄕㄤˋ？接ㄐㄧㄝ著ㄓㄜ，她ㄊㄚ想ㄒㄧㄤˇ起ㄑㄧˇ昨ㄗㄨㄛˊ天ㄊㄧㄢ晚ㄨㄢˇ上ㄕㄤˋ

發生的一切。

　　凱蒂瞥向敞開的窗戶，窗臺上空空的，小橘貓不見了。

　　「凱蒂，早安！」媽媽說：「看樣子，你昨天晚上應該是出去冒險囉。」

　　凱蒂低頭看看身上的超能英雄裝，「嗯，超棒的！」

她興奮的告訴媽媽：「有一隻貓叫費加洛，他來找你求救。因為情況很緊急，所以我就代替你去幫忙了。」

「我來做早餐，你在旁邊慢慢講給我聽，好嗎？」媽媽問。

「當然好！可是……」凱蒂望向窗外，皺起眉頭說：「你有看到一隻小橘貓嗎？昨天晚上，我睡著之前，他還在窗臺上。」

凱蒂踢開毯子，靠在窗邊仔細聆聽，但她只聽到啾啾鳥叫和樓下的車流聲。

凱蒂一顆心往下沉。她看那隻小橘貓無家可歸，原本打算好好收留、照顧他。

　　要是昨晚小橘貓夠勇敢，肯進到她房間裡就好了。

　　「說不定他還在附近，」媽媽說：「要不要去外面找找看？」

　　凱蒂溜出窗外，爬上屋頂。陽光好溫暖，淺藍色的天空，飄著幾絲薄雲。

　　她站在屋脊上，出聲叫喚：「哈囉，你還在嗎？」

　　一開始靜悄悄的，沒有回應。

不久後，一張長著鬍鬚、有著斑紋的小臉，從煙囪後面探了出來。

他一看到凱蒂，眼睛頓時亮了起來，但接著，又緊張的把臉縮了回去。

媽媽跟在凱蒂後面，輕聲說：「好害羞的小貓咪啊。」

「他以前都自己到處流浪，所以才會這麼緊張，」

凱蒂跟媽媽解釋：「他昨天晚上不想進我房間，也是因為他還不習慣有家的生活。」

「原來如此！」媽媽若有所思的皺起眉頭，「既然他不願意來找我們，就換我們過去找他。凱蒂，來幫我準備早餐吧。」

凱蒂和媽媽煎了一大疊鬆餅。金黃色的鬆餅，散發著誘人香氣，凱蒂的口水都流出來了。

屋頂上，在煙囪旁邊，有一小塊陽臺。

凱蒂和媽媽把鬆餅跟鮮榨柳橙汁端到陽臺，她們還準備了

一一碗鮮魚，萬一一小橘貓餓了，就可以享用。母女倆合力把毯子鋪在地上，準備開動。

凱蒂淋了一些蜂蜜在鬆餅上，咬了一口，「嗯！在戶外用餐，東西吃起來加倍美味。」

「的ㄉㄜˊ確ㄑㄩㄝˋ是ㄕˋ這ㄓㄜˋ樣ㄧㄤˋ！」媽ㄇㄚ媽ㄇㄚ笑ㄒㄧㄠˋ著ㄓㄜ說ㄕㄨㄛ。

「不ㄅㄨˋ知ㄓ道ㄉㄠˋ這ㄓㄜˋ碗ㄨㄢˇ魚ㄩˊ是ㄕˋ不ㄅㄨˋ是ㄕˋ也ㄧㄝˇ這ㄓㄜˋ麼ㄇㄜ好ㄏㄠˇ吃ㄔ。」凱ㄎㄞˇ蒂ㄉㄧˋ一ㄧ面ㄇㄧㄢˋ說ㄕㄨㄛ，一ㄧ面ㄇㄧㄢˋ瞄ㄇㄧㄠˊ向ㄒㄧㄤˋ煙ㄧㄢ囪ㄘㄨㄥ。

小ㄒㄧㄠˇ橘ㄐㄩˊ貓ㄇㄠ的ㄉㄜ臉ㄌㄧㄢˇ又ㄧㄡˋ探ㄊㄢˋ了ㄌㄜ出ㄔㄨ來ㄌㄞˊ，他ㄊㄚ聞ㄨㄣˊ到ㄉㄠˋ早ㄗㄠˇ餐ㄘㄢ的ㄉㄜ香ㄒㄧㄤ味ㄨㄟˋ，鼻ㄅㄧˊ子ㄗ抽ㄔㄡ動ㄉㄨㄥˋ個ㄍㄜ不ㄅㄨˋ停ㄊㄧㄥˊ。

小橘貓躡手躡腳的走到裝著魚的碗邊。

　　「早安！」凱蒂對他燦爛一笑，「希望你肚子餓了。」

　　「早安！」小橘貓害羞的甩甩尾巴，接著小口小口的吃起碗裡的魚，「這個魚好好吃喔！」

　　「有誰說到『魚』嗎？」費加洛沿著屋頂跳了過來，打理起身上又柔又亮、黑白色的毛，「希望也有我的份！」

　　美美跟在費加洛後頭，揮動著她高雅的尾巴，「費加洛！你這樣很沒禮貌耶！怎麼可以當

不速之客？」

皮皮也跟在美美後面，東聞聞西嗅嗅。她雪白色的毛，在陽光下閃閃發亮。「可是聞起來真的好香。我好像走進了一場豪華的盛宴！」

美美低頭，向凱蒂和媽媽行了一個禮，「抱歉，打擾你們用餐！我們只是過來想說聲早安，也向凱蒂正式道謝，謝謝她昨晚幫了我們大忙。」

「早安！」媽媽微笑著說：「歡迎一起來吃早餐。我們家樓下的冰箱裡，還有好多魚呢。」

「你真是個大好人！」費加洛大聲讚嘆，美美和皮皮也喃喃的小聲道謝。

媽媽爬窗回屋裡，當她回到陽臺的時候，手上多了三碗魚。

小橘貓已經把早餐吃光了，粉紅色小舌頭，意猶未盡的舔著空碗。

「好好吃！」他一說完，就輕手輕腳的走向凱蒂，蜷伏在凱蒂腿上。

凱蒂微笑，溫柔的撫摸著小橘貓。

「早安！」爸爸抱著麥克斯來到陽臺，「我是不是聞到鬆餅的香味啦？」

不一會兒，大家就一面吃早餐，一面聊著凱蒂昨晚的救援任務。

費加洛不忘提醒大家，一開始想到要找凱蒂幫忙的人是他。

「當時我就確定，凱蒂擁有貓咪超能力，正是我們要找的人。」費加洛說。

凱蒂臉紅了，「我那時候不覺得自己辦得到……可是，一旦嘗試了，就愈來愈得心應手！」

「凱蒂，我真以你為榮。」媽媽看著凱蒂說，笑得好燦爛。

媽媽接著望向小橘貓，「你想不想在我們家住下來？我們家有足夠的空間，而且全家人都很希望你留下來。住我們家，一定比睡路邊的臺階舒服。」

凱蒂的心跳落了一拍。之前

她就期待家人會和她一樣，愛上這隻小橘貓。她屏住呼吸，等待小橘貓回答。

「你們真的希望我留下來嗎？」小橘貓看看媽媽，再看看凱蒂，「不是只住一天，而是一直住在這裡？」

「對，拜託啦！」凱蒂摸摸小橘貓的額頭，「還有，我們應該一起替你想個好名字。」

凱蒂皺著眉頭努力想，「叫小南瓜，好不好？你的毛色跟南瓜一樣，橘橘亮亮，我覺得超搭的。」

小橘貓開心得呼嚕起來，「我喜歡！你們覺得呢？真的很適合我嗎？」

美美對他說：「這名字跟你是絕配！」

小南瓜伸頭，用小臉磨蹭起凱蒂的臉。凱蒂也緊緊摟住他，感覺柔軟的毛抵著臉頰。

「我想……說不定很快……我就會想在月光下，再來一場冒險任務。」小南瓜說。

「晚上外面黑漆漆的喔，你真的不怕嗎？」凱蒂問。

小南瓜認真思考，「或許會有一點點啦，可是只要有你在身邊，我就不會那麼害怕了。」

凱蒂抱緊小南瓜，好開心自己遇見了他。

她也滿心期待，等不及要展開
下一場精采的冒險任務！

超能貓咪
小學堂

飛毛腿

貓咪碰上狗會咻一下的溜走。你看過這場景嗎？看過的話，就能了解貓咪跑得超快，速度可達一小時四十八公里！

順風耳

貓咪的聽力敏銳無比，還能轉動雙耳，偵測聲音從哪裡來。再微弱的聲音，都逃不過貓咪的耳朵！

瞬間反射

你聽說過貓咪著地時，一定是穩穩的四腳著地嗎？據說這是因為貓咪有很敏捷的反射力，從高處掉下來的時候，瞬間就能反應過來，知道該怎麼調整姿勢，才能安全落地。

一躍千里

貓咪一跳，距離可超過兩百四十公分。這是牠們強壯的後腿肌肉的功勞。

千里眼

貓咪夜視能力超強，即便光線微弱，牠們也能看得一清二楚，所以才能在黑漆漆的夜晚狩獵。

好鼻師

貓咪的嗅覺超靈敏，敏銳度是人類的十四倍。而且，貓咪的鼻紋就像人類的指紋一樣，每隻貓的鼻紋都是獨一無二的。